Piątka z Zakątka

Krystyna Drzewiecka

Piątka z Zakątka

Ilustracje na okładce i w tekście: Piotr Zwierzchowski

Redakcja : Małgorzata Pogoda

Korekta: Justyna Szumieł

Łamanie: Łukasz Drzewiecki

ISBN 978-83-61880-00-4

Wydawnictwo JustLuk

e-mail: krystyna@veda.com.pl
www.veda.com.pl

Wydanie III, Warszawa 2009

Moim Synom,
bez których nie powstałaby ta książka

I

SKĄD SIĘ WZIĘŁA PIĄTKA Z ZAKĄTKA

Zanim przedstawię wam naszą piątkę, poznajcie najważniejszego jej członka, czyli Bobika. Bobik to pies, ale pies niezwykły, bo jamnik. Podobno, tak mówi mój tata, psy dzielą się na jamniki i te inne. Co prawda, mama twierdzi, że tak uważają wszyscy właściciele swoich rasowych i nierasowych psów. Ale co tam, Bobik i tak jest wyjątkowy. To on wytropił złodzieja rowerów, ale o tym dowiecie się później. A więc (Pani mówi, że nie zaczyna się zdania od więc, ale to strasznie trudne; próbowaliście coś powiedzieć bez więc?) Bobik to rudy, długowłosy jamnik z czarnym nosem i o bardzo mądrym spojrzeniu.

A teraz reszta bandy. Zacznę od dziewczynek, podobno mają pierwszeństwo. Ciekawe dlaczego? To niesprawiedliwe,

że dziewczynek nie można bić, ale one mogą bić chłopców. Taka Kaśka to bije się lepiej niż wielu chłopaków, więc ona może kogoś uderzyć, a jej oddać nie wolno? No właśnie, Kaśka jest w naszej bandzie. Ma krótkie jasne włosy, niebieskie oczy, trochę zadarty piegowaty nos, ale nie bardzo. W ogóle jest fajna, nosi dżinsy, chodzi po drzewach i jeździ na rowerze jak szatan. Siedzimy razem w jednej ławce.

Zapomniałem wam powiedzieć, że wszyscy oprócz Magdy chodzimy do jednej klasy, III a. Magda chodzi do szkoły muzycznej, też do trzeciej klasy, i uczy się grać na skrzypcach. Kiedyś byłem u niej w domu, jak ćwiczyła. O rany! To było okropne, jakby ktoś jeździł gwoździem po szybie, ale Magda mówi, że jak się już nauczy, to będzie grała tak pięknie jak Paganini (to podobno najsłynniejszy skrzypek na świecie, już nie żyje) i będzie z koncertami jeździła po całym świecie. A ja widziałem w telewizji taką dziewczynę, która grała na skrzypcach całkiem fajnie (nie tak jak Magda). No to już wiecie, jak się nazywa druga dziewczyna z naszej paczki. Magda jest inna niż Kaśka, ma długie włosy, chodzi w sukienkach, nie bije się z chłopakami, czasem płacze, ale jest koleżeńska i często zaprasza nas wszystkich do siebie do domu i częstuje przepysznymi ciasteczkami, które piecze jej mama. No, tyle o dziewczynach.

Teraz opiszę wam Tomka. Tomek to mój najlepszy kolega. Świetnie gra w nogę i pięknie rysuje. Kiedyś narysował Bobika, wyglądał zupełnie jak prawdziwy.

Teraz kilka słów o mnie. Nazywam się Krzyś Paszkowski i mam

starszego brata i psa (Bobika już znacie). Mój brat Michał jest już na studiach i ma dziewczynę Inkę, strasznie miłą. Czasami zabierają mnie do kina lub na pizzę. Bardzo to lubię. A w ogóle jestem zupełnie zwykłym chłopakiem. Mama mówi, że okropna ze mnie gaduła, ale czy to moja wina, że mam tyle do powiedzenia.

Aha, zapomniałem wam wyjaśnić, skąd ta nazwa Piątka z Zakątka. Zakątek to nazwa ulicy, na której mieszkamy. Ta ulica jest na Żoliborzu, to dzielnica Warszawy. Mama opowiadała mi, skąd się wzięła nazwa Żoliborz; po francusku *joli bord* znaczy piękny brzeg. Ładnie, prawda?

No, wreszcie skończyłem opisywać naszą bandę, a myślałem, że uda mi się to zrobić krótko, jak w tym wypracowaniu, które Pani nam zadała. Kazała opisać wizytę u kolegi. To ja napisałem tak:

„Poszedłem do mojego przyjaciela Tomka, ale go nie było, więc wróciłem do domu".

Koniec. Kropka. Pani się strasznie śmiała, ciekawe dlaczego. Tomka naprawdę nie było w domu.

Nie wiem, czy zauważyliście, że dorośli mają dziwne poczucie humoru, śmieją się nie wiadomo z czego, a często z rzeczy zupełnie poważnych. Kiedyś, dawno temu, jeszcze w I klasie, Pani się na mnie zdenerwowała i powiedziała, że jak mi się nie podoba, to mogę się wypisać ze szkoły, no to ja wstałem i poszedłem do pani dyrektor i poprosiłem, żeby mnie wypisała ze szkoły, ale pani dyrektor powiedziała, że Pani tak tylko żartowała (ładne żarty) i nie mogę się wypisać i że jestem pierwszym pierwszoklasistą, który przyszedł sam, nie doprowadzony przez dyżurnych. Jak to opowiedziałem w domu, to moi rodzice pokładali się ze śmiechu, naprawdę, a ja nie widziałem w tym nic śmiesznego. Ale jak im się zrobi jakiś fajny kawał, naprawdę śmieszny, to wcale się nie śmieją. Kiedyś postawiłem tacie koło łóżka miskę z wodą. Gdy się obudził, wszedł do niej i cały się zachlapał. To było okropnie śmieszne, ale rodzice wcale się nie śmiali, tylko strasznie zdenerwowali.

Mam rację, mówiąc, że u dorosłych to poczucie humoru jest jakieś dziwne.

II

JAK POWSTAŁA NASZA BANDA

Pewnie chcielibyście wiedzieć, jak powstała nasza banda? A więc (znowu to więc) było tak. Kiedy byłem jeszcze mały i miałem iść do I klasy, bardzo się bałem, że nikogo nie znam, że wszyscy będą się ze mnie śmiali, i bardzo bolał mnie brzuch. Czy was też boli brzuch, jak się czegoś boicie? Bo mnie okropnie. No więc szedłem do tej szkoły i wstyd powiedzieć, trochę płakałem. Większość dzieciaków znała się z przedszkola, ale ja chodziłem do przedszkola daleko od domu, tam gdzie kiedyś mieszkałem, i nikogo nie znałem. Nagle zobaczyłem, że

jeden chłopak płacze bardziej ode mnie i zrobiło mi się raźniej, że nie tylko ja jestem beksą. Podszedłem do niego i zapytałem, dlaczego płacze, a on odpowiedział, że nie wie, i przestał płakać.

Usiedliśmy razem i później wracaliśmy razem i okazało się, że mieszkamy w jednym domu, tylko Tomek, bo to był właśnie Tomek, w innej klatce. Od tej pory codziennie chodzimy razem do szkoły i razem wracamy. Również codziennie spotykamy się i razem bawimy. I tak było do czasu, kiedy Pani w szkole zrobiła Wielkie Przesadzanie. Wszystkich chłopców posadziła z dziewczynkami, żeby mniej gadali. Mnie posadziła z Kaśką. Byłem na nią wściekły, że nie siedzę z Tomkiem, i przez parę dni rzeczywiście nie odzywałem się podczas lekcji, ale później okazało się, że Kaśka jest bardzo fajna, pożycza flamastry czy długopis, jak zapomnę, co mi się często zdarza, i gada się z nią równie fajnie jak z Tomkiem. Pani już sama nie wie, jak nas poprzesadzać, bo jest nas za dużo, żeby każdy siedział sam.

Teraz wracamy we trójkę do domu i razem jeździmy na rowerach, już wam chyba wspominałem, że Kaśka jeździ jak szatan. Pewnego dnia jeden taki Piotrek z V klasy popchnął Kaśkę i jak ona spadła z roweru, to zaczął się strasznie śmiać. Było to okropnie wstrętne. Kaśka chciała mu oddać, ale był silniejszy i ją przewrócił, no to wtedy my z Tomkiem rzuciliśmy się na niego i trochę mu dołożyliśmy, a jak jeszcze Bobik przyszedł nam z pomocą, to ten wstrętny Piotrek uciekał, aż się kurzyło.

Od tej pory postanowiliśmy założyć bandę, żeby się bronić przed takimi wstręciuchami. Niedawno w telewizji widziałem film pt. „Trzech Muszkieterów", bardzo fajny. Ich dewizą (tych muszkieterów) było „jeden za wszystkich, wszyscy za jednego". Uznaliśmy, że to będzie również nasze hasło. Postanowiliśmy założyć Bandę Muszkieterów. Spo-

tkaliśmy się u mnie, zgasiliśmy światło, mama pozwoliła zapalić świeczkę, i uroczyście (zauważyliście, że przy świecy wszystko staje się bardziej uroczyste i tajemnicze) przysięgliśmy sobie dozgonną (to straszne słowo oznacza aż do zgonu, czyli do śmierci) wierność, lojalność i zachowanie tajemnicy. Postanowiliśmy namalować godło naszej Bandy.

Tomek, który najładniej rysuje, wymalował na dużym kartonie wspaniały herb. Porobiliśmy sobie również małe odznaki z takim samym znakiem, które nosimy przypięte do bluz. Kiedy ktoś pyta, co to znaczy, milczymy, jak każe nam przysięga. Mówię wam, to okropnie trudne nikomu nic nie powiedzieć o naszej Bandzie. To, że Bobik również został uroczyście przyjęty do Bandy, rozumie się samo przez się.

Wyznaczyliśmy sobie spotkania w każdy poniedziałek i omawiamy wszystkie sprawy związane z działalnością Bandy. Spotkania odbywają się bardzo uroczyście, siedzimy przy latarce (od chwili, kiedy przypadkowo zapalił się na biurku zeszyt, mama kategorycznie zabroniła używania świeczek, a przecież to nie moja wina, że się świeczka przewróciła) i mówimy tajemniczym szeptem. Pewnie jesteście ciekawi, w jaki sposób w naszej Bandzie znalazła się Magda. Miało to związek z omawianą na naszym spotkaniu sprawą złodzieja rowerów, ale o tym wszystkim dowiecie się w następnym rozdziale.

III

ZŁODZIEJ ROWERÓW

Na ostatnim zebraniu Muszkieterów omawialiśmy sprawę złodzieja rowerów. W naszym osiedlu pojawił się złodziej. Ukradł już trzy rowery; jeden grubemu Maćkowi z III klasy, który był już po komunii i miał rower górski. Tata mówi, że dawniej na komunię dawano zegarek; był nawet taki dowcip:

Ktoś pyta:

– Która godzina?

– Nie mam zegarka.

– Co ty? U komunii nie byłeś?!

W zeszłym roku ja też byłem u komunii i dostałem rower górski, co prawda trochę wcześniej, bo mama mówi, że na komunię powinno się dawać inne prezenty, ale to tylko lepiej, bo i tak dostałem furę fajnych prezentów. Uwielbiam dostawać prezenty, a wy?

Jak już mówiłem, jeden rower ukradł Maćkowi, drugi – BMX – Piotrkowi z naszej klasy, i jeszcze taki mały rowerek jednemu maluchowi z sąsiedniego bloku.

Zaczęliśmy się zastanawiać, jak złapać tego złodzieja. Postanowiliśmy zastawić pułapkę – codziennie kłaść rower, niby porzucony, na trawniku i obserwować. Przez kilka dni tak robiliśmy, ale wreszcie znudziło się nam leżeć za drzewem i się gapić; nic się nie działo. Pewnego dnia nagle usłyszeliśmy okropny krzyk: złodziej! złodziej! I zobaczyliśmy, że za odjeżdżającym rowerem biegnie jakaś dziewczynka; płacze i krzyczy. Wsiedliśmy na swoje rowery i puściliśmy się w pogoń. Bobik, jak zobaczył, że tak pędzimy, zaczął biec także i gdyby nie on, chyba nie udałoby nam się złapać złodzieja. Bobik dogonił go, schwycił za nogawkę i ściągnął z roweru. Tamten przewrócił się, a wtedy wszyscy go dopadliśmy.

Był to duży i silny chłopak, chyba z VII klasy, i pewnie nie dalibyśmy mu rady, gdyby nie dorośli, którzy nam pomogli. Ale bohaterem dnia został Bobik. Dziewczynka (jak się pewnie domyślacie, to była Magda) bardzo mu dziękowała i zaprosiła nas wszystkich, oczywiście z Bobikiem, do swojego domu, gdzie poczęstowała nas pysznymi ciasteczkami. Mama Magdy też nam bardzo dziękowała za pomoc i pochwaliła za tak szybką reakcję. Od czasu tamtej przygody przyjaźnimy się z Magdą, a po pewnym czasie przyjęliśmy ją do naszej Bandy i teraz już wiecie, skąd się wzięła Piątka z Zakątka.

IV

LEKCJA WYCHOWAWCZA

Nasza szkoła stoi przy sąsiedniej ulicy, trzeba tylko niestety przejść przez jezdnię; jak chodziłem do I klasy, to odprowadzali mnie rodzice, teraz już chodzę sam. Jest to duży, szary, niezbyt ładny budynek. Takie szkoły nazywają tysiąclatkami, a przecież nasza ma

dopiero 30 lat. Wiem dobrze, bo w tym roku będzie z tej okazji wielkie święto szkoły i mamy się wygłupiać, to znaczy mówić wiersze i śpiewać piosenki; mam nadzieję, że ja nie będę, bo nie umiem śpiewać. Pani nam wytłumaczyła, że tak nazywano szkoły, które budowano z okazji tysiąclecia państwa polskiego. Te tysiąc lat liczy się od 966 roku, w którym Mieszko I (taki król bez korony) wprowadził chrześcijaństwo i od tej pory Polska jest państwem chrześcijańskim. Na milenium (tak nazywa się tysiąclecie) w 1966 roku zbudowano wiele szkół; było takie hasło: „1000 szkół na tysiąclecie". Fajnie że aż tyle, ale dlaczego takie duże i brzydkie.

W szkole jest dosyć nudno, najfajniej chyba na przerwach, wtedy biegamy i krzyczymy, popychamy się, no i w ogóle fajnie się bawimy. Czasami tylko jest ciekawie na lekcjach wychowawczych, bo kiedy omówimy ważne sprawy, to Pani pozwala zadawać różne pytania, nawet najgłupsze. Ja to bardzo lubię, bo zadaję mnóstwo pytań, ale mama mówi, że mogę człowieka zamęczyć pytaniami.

No i na ostatniej lekcji Aśka spytała, skąd się biorą dzieci. Każdy z nas już coś na ten temat wie, ale ciekawi byliśmy, co Pani odpowie. Pani powiedziała, że to skomplikowany problem i że będziemy się uczyć o tym na lekcjach biologii w starszych klasach. Ale tak w skrócie, to dzieci powstają wtedy, gdy mężczyzna odda swoje plemniki kobiecie i tam u niej one się połączą i z tego połączenia powstaje dziecko.

O, co to, to nie, ja swoich plemników nie oddam żadnej głupiej dziewczynie. Jak to powiedziałem, Pani tak się zaczęła śmiać, że już do dzwonka nie mogła odpowiedzieć na żadne pytanie. No i widzicie, to znowu potwierdza moje zdanie o tym, że dorośli mają dziwne poczucie humoru. Mówimy o tak poważnych sprawach, a Pani się śmieje jak szalona.

V

KIM CHCIAŁBYM BYĆ, JAK DOROSNĘ

Ciekawy jestem, czy lubicie pisać wypracowania? Bo ja okropnie nie lubię. Dzisiaj Pani zadała nam do domu wypracowanie pt. „Kim chciałbym być, jak dorosnę". Zupełnie nie wiedziałem, co napisać, no bo jak byłem mały, to chciałem być policjantem i łapać złodziei. Tata mówi, że większość chłopaków o tym marzy, ale potem im przechodzi. Przemkowi (to mój kolega), chociaż chodzi już do IV klasy, jeszcze nie przeszło. Ale mnie tak.

Teraz chciałbym na jednym etacie (nie wiem, co to jest ten etat, ale mama mówi, że pracuje na trzech etatach, to ja bym też tak chciał) pracować jako paleontolog. To taki pan, który zajmuje się dinozaurami. Bardzo się interesuję dinozaurami i prenumeruję pismo „Dinozaury" – można się z niego dowiedzieć mnóstwa ciekawych rzeczy o dinozaurach i ludziach, którzy je badali.

Na drugim etacie chciałbym być poszukiwaczem skarbów. To jest wspaniałe zajęcie. Nurkowałbym i znajdował zatopione skarby albo odnajdywał je zakopane przez piratów na bezludnych wyspach. To by było fantastyczne!

A na trzecim etacie założyłbym schronisko dla bezdomnych zwierząt i wszystkie bezpańskie psy by sobie u mnie dobrze żyły.

Byłem ciekawy, kim chciałaby zostać Kaśka, no i okazało się, że pilotem – przecież to nie jest zajęcie dla dziewczyny,

ale do Kaśki to podobne. Jej tata jest lotnikiem. Tomek chciałby zostać malarzem i malować takie obrazy jak Matejko. Widziałem w muzeum jego „Bitwę pod Grunwaldem". Fajny obraz, a jaki ogromny! Żeby go namalować, musiał chyba wchodzić na drabinę.

VI

POSZUKIWACZE SKARBÓW

Na ostatnim spotkaniu Muszkieterów zastanawialiśmy się, co by tu ciekawego wymyślić, bo zrobiło się trochę nudno. Pogoda okropna, nie można jeździć na rowerze ani na rolkach. I wtedy przypomniałem sobie, że chcę zostać poszukiwaczem skarbów i że mógłbym już teraz zacząć trenować. Wszyscy się natychmiast zgodzili, że to fajny pomysł; tylko gdzie szukać skarbów? Nagle Magda krzyknęła:

– Mam! Słuchajcie, za sklepem jest taki opuszczony dom, mają go zburzyć. Słyszałam, że w czasie wojny ludzie ukrywali różne rzeczy przed Niemcami, może i tam jest jakaś skrytka.

– Jasne! Od jutra zaczynamy szukać. Jak nazwiemy naszą akcję, żeby się nikt nie domyślił, o co chodzi? – spytała Kaśka.

– „Opuszczony dom" – zaproponowała Magda.

– Co ty? Od razu będzie wszystko wiadomo – odrzekł Tomek. – Proponuję „Sezam" (to od Alibaby i 40 rozbójników).

Zgodziliśmy się.

We wtorek zaraz po lekcjach umówiliśmy się pod „Sezamem". Każdy miał przynieść latarkę, linę i łopatę (okazało się, że nikt nie ma łopaty, u mnie znalazła się mała saperka). Tak zaopatrzeni spotkaliśmy się przed Opuszczonym Domem.

Wyglądał dosyć ponuro i tajemniczo. Zamiast okien czarne, puste otwory, gdyż wszystkie szyby były powybijane. Z duszą na ramieniu otworzyliśmy drzwi, które przeraźliwie skrzypnęły. Weszliśmy. Było ciemno i okropnie śmierdziało.

Nagle Magda strasznie wrzasnęła. Ze wstydem muszę przyznać, że w ciągu sekundy znaleźliśmy się na dworze. Okazało się, że koło Magdy przebiegł, jak twierdziła, ogromny szczur. Ja myślę, że to była mała mysz, ale strach ma wielkie oczy. Postanowiliśmy wrócić, jednak Magda powiedziała, że nie wejdzie tam za żadne skarby, bo okropnie boi się szczurów, i że może stać na straży. Tak to jest z dziewczynami (oprócz Kaśki, oczywiście, ale to wyjątek). Zgodziliśmy się, że może rzeczywiście przyda nam się wartownik. Ponownie weszliśmy do domu, ale od razu zapaliliśmy latarki. Znaleźliśmy się w dużym pokoju, w którym walały się cegły, kawały tynku i stare gazety. Zaczęliśmy ostukiwać ściany, bo podobno, jeśli słychać głuchy dźwięk, to może tam być skrytka.

– Jest! – krzyknął podniecony Tomek.

Podbiegliśmy do niego.

Rzeczywiście, dźwięk był głuchy. Zaczęliśmy walić w ścianę drągiem i wyłupywać cegły. Po godzinie udało nam się wyjąć tylko dwie, ale okazało się, że tamtędy biegnie przewód kominowy i stąd ten dźwięk. Obejrzeliśmy dokładnie podłogi, nie było ani śladu skrytki. Poszliśmy na strych, gdzie leżały sterty papieru, stare gazety, pocztówki, zdjęcia i jakieś listy. Ponieważ nie było niczego innego, zaczęliśmy dokładniej oglądać te szpargały. Nagle Kaśka powiedziała:

– Patrzcie, to chyba jakiś stary pamiętnik. Ciekawe, ile ma lat?

Zobaczyliśmy, że trzyma w ręku cienki zeszyt z jedną okładką. Zajrzeliśmy do środka. Na pierwszej stronie widniała data „1.1.1944 r.". Dalej, wyblakłym już atramentem, zapisano sześć kartek, reszta była pusta. Postanowiliśmy wziąć ten pamiętnik i pokazać mamie Kaśki, która uczy w liceum historii. Kiedy wyszliśmy, Magda miała do nas pretensje, że tak długo nas nie było, że zmarzła i zmokła.

– Trudno znaleźć skarby w ciągu pięciu minut – powiedział Tomek. – Mogłaś z nami pójść. Zobacz, co znaleźliśmy. – I pokazał jej pamiętnik.

Magda w pierwszej chwili się skrzywiła.

– I to ma być ten skarb? Phi!

Ale później, kiedy zobaczyła, że to zostało napisane 50 lat temu, już nie marudziła.

Od razu poszliśmy do Kaśki. Na szczęście jej mama była w domu. Bardzo przejęci pokazaliśmy jej nasz skarb. Mama rzuciła nań okiem i bardzo się nim zainteresowała. Powiedziała, żebyśmy usiedli w pokoju i chwilę poczekali. Przeczyta nam, co tam jest napisane.

VII

PAMIĘTNIK

1.1.1944

Dziś zaczyna się rok 1944. Wszyscy mówią, że to na pewno już ostatni rok wojny. Och, żeby to była prawda, żeby się wreszcie skończył ten koszmar. Tak bym chciała iść ulicą i nie bać się łapanki, pójść do kina i najeść się dużo, dużo. To głupie, że myślę o jedzeniu, kiedy tyle ludzi umiera. Och, zapomniałam napisać, że dziś skończyłam 14 lat i mama zrobiła mi wspaniałe przyjęcie. Była cudowna kartoflanka z prawdziwymi skwarkami – pycha. (No i znowu piszę o jedzeniu).

Postanowiłam pisać pamiętnik, bo nikomu nie mogę powiedzieć o mojej pracy dla... ale chyba lepiej nie pisać o tym nawet w pamiętniku. Wczoraj był sylwester i spotkaliśmy się, cały nasz zastęp, u Dzika. Był też Janek, poprosił mnie nawet do tańca; myślałam, że zemdleję. To była cudowna noc, ponieważ ze względu na godzinę policyjną musieliśmy wszyscy zostać do rana. Siedzieliśmy, śpiewaliśmy, gadaliśmy. Każdy mówił, co będzie robić po wojnie. Janek powiedział, że pójdzie na uniwersytet i zostanie adwokatem; ja jeszcze nie wiem, nie myślę o tym. Marzę, aby się skończyła wojna, to wtedy na pewno będę wiedziała, co robić. Muszę kończyć, mama mnie woła, musimy jechać do cioci Ani po mleko.

22.3.44

Nie pisałam prawie trzy miesiące, ale tyle mieliśmy pracy, poza tym szkolenia sanitarne. Właśnie wczoraj ja i Krysia zdałyśmy egzamin. Krysia to moja najlepsza przyjaciółka. Jesteśmy sanitariuszkami. Wczoraj, w pierwszy dzień wiosny, byłam z Jankiem na spacerze nad Wisłą.

10.5.44

Janek nie żyje. Zginął podczas akcji. Chciałabym również nie żyć. Hanka, moja drużynowa, powiedziała, że dziś umrzeć jest bardzo łatwo, że trudniej jest żyć, że mamy do spełnienia zadanie, że Janek umarł za Polskę i my też musimy walczyć. Już nigdy nikogo nie pokocham i mam nadzieję, że zginę przy pierwszej okazji.

29.7.44

Coś się szykuje. Mamy się spotkać 1 sierpnia o godzinie 16.00 u Dzika, w pełnym rynsztunku. Nareszcie będziemy walczyć z bronią w ręku. Mam nadzieję, że śmierć Janka nie będzie daremna.

Na tym urywał się pamiętnik. Kiedy mama przestała czytać, wszystkie dziewczyny, łącznie z mamą Kaśki, szlochały, a nam też było jakoś głupio. Kiedy się trochę uspokoiliśmy, mama Kaśki opowiedziała nam, że 1 sierpnia 1944 r. wybuchło Powstanie Warszawskie, że brała w nim udział cała młodzież Warszawy, że nawet dzieciaki walczyły. Zginęło około 200 000 ludzi, a Warszawę Niemcy zrównali z ziemią. Moja babcia i dziadek też walczyli w Powstaniu, mieli po 16 lat. Teraz co roku 1 sierpnia, o godzinie 17.00, na Cmentarzu Powązkowskim zbierają się tysiące ludzi, żeby uczcić pamięć tamtych dni i poległych w Powstaniu. Postanowiliśmy, że od dziś my również będziemy chodzić na cmentarz i zapalać znicze na cześć tych dzielnych ludzi.

VIII

KLUB HIPNOTYZERÓW

Przez parę dni po przeczytaniu pamiętnika nie mogliśmy dojść do siebie. Nie robiliśmy żadnych kawałów, chodziliśmy jacyś smętni, dziewczyny pochlipywały. Byliśmy ciekawi, co się stało z tamtą dziewczyną, czy przeżyła Powstanie, czy może jeszcze żyje. Teraz jest pewnie starszą panią, w wieku mojej babci. Jakie to dziwne, że moja babcia też była taką dziewczyną jak Magda czy Kaśka. Nie mogę sobie tego wyobrazić.

Rodzice, widząc, że jesteśmy tacy smętni, zabrali nas do kina na film o duchach. To był ekstra film. Był tam taki facet, który hipnotyzował innych ludzi. To znaczy ktoś leżał na łóżku, a on mu mówił: Śpisz, śpisz, i tamten rzeczywiście spał (moja mama pewnie też by tak chciała, bo ja okropnie długo nie zasypiam). A później kazał mu robić różne rzeczy, na przykład mówił: Wstań i idź! Usiądź, i tak dalej. A on to wszystko robił. Potem go budził, a tamten wcale nie pamiętał, co się działo. Fajnie, co?

Po powrocie z kina postanowiliśmy założyć klub hipnotyzerów. Ale najpierw trzeba było trochę poćwiczyć. Każdy chciał hipnotyzować i długo nie mogliśmy dojść do porozumienia, aż wreszcie postanowiliśmy ciągnąć losy. Wypadło, że pierwsza będzie hipnotyzować Kaśka. Kazała się położyć Magdzie na kanapie, potem podeszła do niej i zaczęła mówić grubym głosem:

– Zaraz zaśniesz, policzę do pięciu i będziesz spać. Raz, dwa, trzy, cztery, pięć... Już śpisz.

– Wcale nie – odpowiedziała Magda. – Zupełnie nie chce mi się spać. Możesz liczyć i do stu.

Kaśka okropnie się obraziła i powiedziała, że Magda jej robi na złość i specjalnie nie zasypia i że to głupia zabawa, bo do tego, żeby się udało, potrzebne jest dobre medium, a nikt z nas nim nie jest.

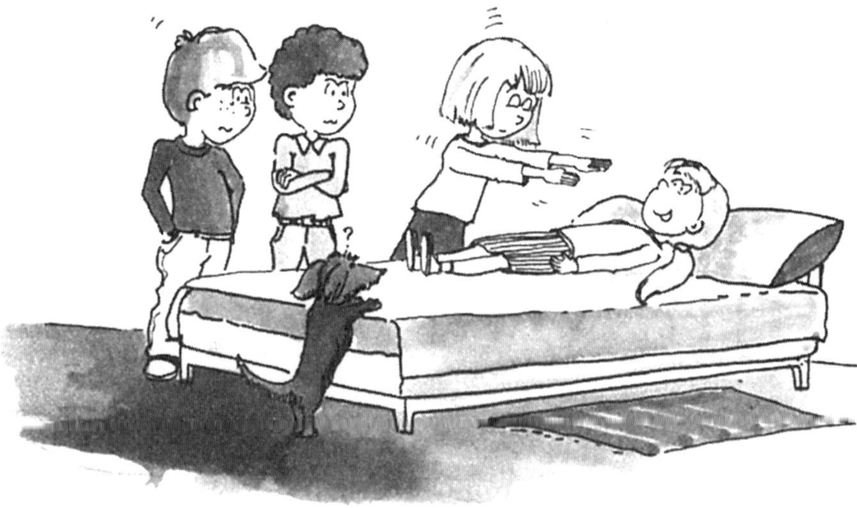

Potem próbowaliśmy jeszcze kilkanaście razy, ale się nie udało, a Tomek powiedział, że zaraz zaśnie, ale chyba z nudów. No to skończyliśmy nasze ćwiczenia i obejrzeliśmy film w telewizji. Akurat był „Mc Gyver" – fajny film. Ten facet jest niesamowity, zawsze potrafi zrobić coś z niczego i wszystkich zwyciężyć bez używania broni.

IX

ANIA Z ZIELONEGO WZGÓRZA W ZAKĄTKU

Magda zwariowała. Przyszła na nasze spotkanie, patrzyła w okno, wzdychała i robiła głupie miny. Zapytałem, czy boli ją brzuch, bo jeśli tak, to mam świetne lekarstwo, po którym ból natychmiast ustępuje. Na to ona się obraziła i powiedziała, że jestem gruboskórny (wcale nie, mam taką samą skórę jak ona) i że nie dostrzegamy, że w niej dokonała się przemiana i że jest podobna do Ani z Zielonego Wzgórza (to taka dziewczyna, która miała rude włosy i zawsze pakowała się w jakieś kłopoty. Widziałem film, nawet fajny) i gdyby miała rude włosy, to zaraz zauważylibyśmy podobieństwo, że jesteśmy mało romantyczni i należy nas uduchowić (o rany, czy ona nas chce pozamieniać w duchy?) i że zaczniemy od dziś.

Na początek powinniśmy wymyślić różne romantyczne nazwy dla naszego osiedla. Ponieważ nie mieliśmy nic ciekawszego do roboty, zgodziliśmy się. A więc ulica Burakowa – nazwa rzeczywiście mało romantyczna – została Aleją Kwitnących Kasztanów. Powiedziałem, że jest to raczej Aleja Brudnego Błota, gdyż ile razy pada deszcz, to nie da się tamtędy przejść, tyle tam kałuż i błota. Dziewczyny mnie

zakrzyczały, że to piękna nazwa i że wszystko psuję. No to już siedziałem cicho. Potem Kaśka powiedziała, że nazwa Zakątek jest ładna, ale za mało romantyczna i ładniej będzie brzmieć Zakątek Westchnień.

– Dobrze, ale kto tam będzie wzdychał? – spytał Tomek.

Dziewczyny powiedziały, ze z nami nie można się bawić i jak się nie uspokoimy, to one wychodzą. Ja też chciałem coś wymyślić i zaproponowałem, żeby taki kawałek trawy, gdzie gramy w nogę, nazwać Boiskiem Piłki Nożnej. No i znowu było źle. Okazało się, że to wcale nie jest żadna romantyczna nazwa, bo to jest przecież boisko do piłki. Musi być coś wymyślniejszego. Długo się zastanawiałem, aż w końcu wymyśliłem: Murawa Latającej Piłki. Dziewczyny wybrzydzały, że to głupia nazwa, ale się uparłem.

Potem Tomek chciał nazwać nasz mały sklepik Zaczarowanym Magazynem Rozmaitości – też im się nie podobało. Trudno tym dziewczynom dogodzić. Nasz blok nazwały Księżycową Planetą, górkę za domem – Wzgórzem Błękitnych Obłoków, ale kiedy trzepak nazwały Miejscem Tajnych Schadzek, to ja i Tomek mieliśmy już dość i poszliśmy na rowery.

Na drugi dzień, była to sobota, spotkałem Kaśkę, jak szła do Magdy, bo umówiła się z nią i Magda nie przyszła, więc chyba coś się musiało stać. Poszedłem razem z nią. Na dzwonek nikt nie odpowiadał, ale słyszeliśmy, że ktoś jest w domu. Wreszcie po długim oczekiwaniu otworzyła Magda w ręczniku na głowie, cała zapłakana. Okazało się, że chcąc być podobna do swojej ukochanej bohaterki, ufarbowała włosy na kasztanowo, ale to, co miała na głowie, mało przypominało kolor kasztanowy, raczej skrzyżowanie marchewki z pomarańczą.

– Ale jesteś odblaskowa, teraz to na pewno i w nocy każdy cię zauważy – zażartowałem.

Kiedy to powiedziałem, Magda w ryk, że jestem złośliwy i niekoleżeński, że ona ma zmartwienie, a ja się z niej wyśmiewam. Rzeczywiście, wyszło trochę głupio. Przeprosiłem ją i spytałem, czy próbowała to zmyć. Mówiła, że od rana nic innego nie robi, tylko myje włosy, ale nic nie schodzi. Powiedziałem, że właściwie to udało się jej być podobną do Ani, bo ona też ufarbowała włosy, tylko chciała z rudych na czarno, i też się jej nie udało, bo wyszedł taki ohydny brudnozielony kolor, i Maryla (opiekunka Ani) zgoliła jej włosy do gołej skóry.

Ciekawe, co zrobi mama Magdy, gdy to zobaczy. Magda znowu zaczęła szlochać. A przecież ja nie chciałem jej dokuczyć, tylko przypomnieć podobieństwo do ulubionej bohaterki. Wreszcie wróciła jej mama. Najpierw, gdy zobaczyła Magdę, trochę się zdenerwowała, a później zaczęła się okropnie śmiać (też znała tę książkę).

Obcięła Magdzie włosy „na chłopaka" i powiedziała, że Magda będzie miała nauczkę, żeby nie robić głupstw i że każdy człowiek powinien pozostać sobą, a nie upodabniać się na siłę do kogoś.

A dlaczego nie? Ja to bym bardzo chciał być podobny do Supermana.

X

SPEŁNIAMY DOBRE UCZYNKI

Dzisiaj, jak zwykle w niedzielę, byłem na mszy dla dzieci o godzinie 11.00. W naszym kościele jest taki fajny ksiądz, który nie mówi długich kazań (muszę ze wstydem przyznać, że one mnie trochę nudzą), tylko po odczytaniu Ewangelii zbiera dzieciaki koło siebie i zadaje im pytania na temat usłyszanego tekstu. Jest to bardzo fajne, bo każdy może coś powiedzieć, a czasem to nawet dzieci mówią śmieszne rzeczy. No i dzisiaj ksiądz opowiadał o spełnianiu dobrych uczynków, że bez nich nie można być prawdziwie dobrym chrześcijaninem.

– A przecież każdy z was chciałby nim być, prawda? – zapytał.

Na to wszystkie dzieciaki wrzasnęły, że oczywiście tak. Jedna dziewczynka zapytała, jakie są te dobre uczynki, i świetnie, że o to zapytała, bo sam się zacząłem zastanawiać, co by tu zrobić.

Ksiądz powiedział, że na przykład można pomóc jakiejś starszej pani nieść siatkę z zakupami albo pomóc koledze w lekcjach, jeśli ma trudności, pomagać mamie w domu, i tak

dalej. I że jest dużo możliwości, tylko trzeba chcieć i dobrze się rozglądać.

Po wyjściu z kościoła (nasza Banda chodzi na tę mszę) zaczęliśmy się zastanawiać, co by tu zrobić, żeby być dobrymi chrześcijanami. Kaśka powiedziała, że możemy iść do domu i pomóc mamie sprzątać. Na to Magda, że dziś niedziela i że jej mama posprzątała już wczoraj i w domu nie ma nic do roboty. Rzeczywiście, u mnie też było posprzątane. Zapytałem Tomka, czy mu pomóc w lekcjach, ale odpowiedział, że już odrobił, a poza tym to nie muszę mu pomagać, bo i tak ma lepsze stopnie ode mnie. To prawda, ja okropnie bazgrzę i często zapominam odrobić lekcji, za co Pani stawia minusy, a czasem i pałę. Przez to mam gorsze stopnie, niż mógłbym mieć, bo jestem bardzo zdolny, tylko trochę roztrzepany, tak mówi Pani.

Kiedy odpadły różne pomysły, zdecydowaliśmy, że najłatwiej byłoby pomóc nieść zakupy jakiejś staruszce, ale

nigdzie nie mogliśmy jej dostrzec. To była niedziela i rzadko ktoś chodzi z zakupami. Kaśka wymyśliła, żebyśmy poszli do sklepu (u nas na osiedlu jest jeden, który jest czynny w niedzielę) i tam zaczaili się na jakąś staruszkę. Zgodziliśmy się i poszliśmy pod sklep. Usiedliśmy na ławce i rozglądaliśmy się za staruszkami z siatkami, ale niestety nie było nikogo. Ze sklepu wychodziły dzieciaki albo panie takie jak nasze mamy, które trudno uznać za staruszki, albo tacy faceci, do których mama nie pozwala mi się zbliżać. Kiedy przez godzinę nikogo nie zauważyliśmy, straciliśmy już nadzieję na spełnienie dobrego uczynku; i wtedy ze sklepu wyszła starsza pani z laseczką i siatką, może nie tak bardzo ciężką, ale zawsze... Na ten widok zerwaliśmy się z ławki i puściliśmy biegiem w kierunku naszej staruszki. Pierwszy dobiegł Tomek (biega najszybciej w naszej klasie), wyrwał jej siatkę z rąk bez słowa, bo z przejęcia i zmęczenia nie mógł się odezwać. Na to przerażona kobieta zaczęła krzyczeć:

– Złodziej! Ratunku! Ty łobuzie, taki mały, a już kradnie! – i okładała go laską.

Kiedy podbiegliśmy, pani rozkrzyczała się jeszcze głośniej. Zbiegli się ludzie, wszyscy zaczęli na nas wrzeszczeć, szarpać. Jeden pan chciał już wzywać policję. Na szczęście szła akurat do sklepu mama Magdy. Przerażona podbiegła i starała się wyjaśnić, o co chodzi. Kiedy z płaczem (wstyd przyznać, ale wszyscy beczeliśmy) opowiedzieliśmy jej, że staraliśmy się spełnić dobry uczynek, aby być dobrymi chrześcijanami, i że chcieliśmy tylko pomóc tej pani, to przez chwilę wszyscy wyglądali, jakby osłupieli, a potem ryknęli takim śmiechem, że śmiali się i śmiali bez przerwy. Nie wiem jak długo, bo jak tylko nas puścili, to pędem uciekliśmy. No i sami widzicie, jak trudno spełniać dobre uczynki.

XI

PIĘKNA JOLKA

Wczoraj Pani powiedziała, że będziemy mieć nową koleżankę, Jolkę. Ta Jolka była przez parę lat w Stanach i tam chodziła do szkoły. Pani powiedziała, że na początku może być Jolce trochę ciężko i że powinniśmy być dla niej mili, bo ona nie zna tu nikogo.

Byliśmy bardzo ciekawi, jak wygląda ta „nowa". Dziewczyny mówiły, że pewnie będzie zadzierać nosa z powodu tej Ameryki, ale my, chłopaki, uważaliśmy, że są zazdrosne. No i dziś przyszła.

Ludzie, ale śliczna! Podobna do takiej lalki Magdy, Barbie. Ma długie, bardzo jasne włosy. Ubrana wystrzałowo, w jakieś odblaskowe ciuchy. Powiedziała, że nazywa się Jola Kamińska i że jest jej bardzo przyjemnie, że będzie chodziła do naszej klasy. Na przerwie wszyscy ją obstąpili i zadawali mnóstwo pytań. Wcale nie wyglądało na to, żeby było jej trudno. Powiedziała, że to okropna buda, że ona chodziła w Ameryce do fantastycznej szkoły, że u nas jest brudno i brzydko. Sami wiemy, że nasza szkoła nie jest piękna, już wam o tym opowiadałem, ale kiedy ona tak powiedziała, zrobiło się nam przykro, bo mimo wszystko lubimy naszą szkołę.

Kaśka wrzasnęła, że jak się jej nie podoba, to niech wraca do tej swojej Ameryki. Jolka odpowiedziała, że z wielką chęcią, ale jej rodzice musieli wrócić do Polski i pewnie niedługo znów gdzieś pojadą, bo jej tata jest jakąś ważną figurą i ciągle gdzieś go wysyłają.

Muszę wam powiedzieć, że jak ją zobaczyłem, to prawie się zakochałem, taka była ładna, ale później, jak tak gadała, to mi zupełnie przeszło – pomyślałem, że jest okropnie głupia i zarozumiała. Nie lubię takich dziewczyn.

Nie wiem jak wy, ale ja bardzo często się zakochuję; mama mówi, że jestem zbyt kochliwy i że jak będę starszy, to mi przejdzie, i dopiero wtedy zakocham się naprawdę. No więc, ostatnio moją dziewczyną jest Karolina (co prawda ona o tym nie wie). Nie jest może tak ładna jak Jolka,

ale dużo fajniejsza, koleżeńska, miła i fajnie gra w piłkę. Dobrze, że nie zakochałem się w tej głupiej Jolce, a mało brakowało. Jolka chodziła do naszej klasy tylko tydzień, a potem zniknęła. Pani powiedziała, że rodzice przenieśli ją do amerykańskiej szkoły. Pani mówiła to tak, jakby była zadowolona, że ona nie będzie chodzić do naszej klasy. Pewnie też jej nie lubiła.

XII

WIRTUALNE ZWIERZĄTKA

W naszej klasie panuje szał na wirtualne zwierzątka. Ciekaw jestem, czy u was też? Z początku nie wiedziałem, co się dzieje. Co jakiś czas któreś z dzieciaków wołało: O rany! Zapomniałem nakarmić rybkę, albo: Ojej! Muszę wyprowadzić psa na spacer lub pogłaskać kota i tak dalej. Patrzyłem na nich i pytałem, gdzie mają tego psa czy kota, a oni wyjmowali taki breloczek z przyciskami i pokazywali te swoje zwierzątka.

Okazuje się, że można hodować takie wirtualne stworzenie i trzeba o nie dbać; karmić, wyprowadzać na spacer, głaskać. Jak się w porę tego nie zrobi, to zwierzę może zdechnąć i zabawka jest do wyrzucenia. Śmieszne. W klasie już prawie wszyscy, oprócz naszej Bandy, mają takie breloczki. Pomyślałem, że może też chciałbym taki mieć.

Kiedy powiedziałem o tym mamie, to się okropnie zdenerwowała. Powiedziała, że ludziom się zupełnie już w głowie poprzewracało, że lepiej by było, gdyby taki dzieciak nakarmił bezpańskiego psa albo przygarnął chorego kota, czy pomógłby innym ludziom potrzebującym tej pomocy, a nie uczył się głaskać jakiś kawałek plastiku. Potem wszyscy się dziwią, że „gówniarze" (tak powiedziała moja mama, ale mówiłem już, że się strasznie zezłościła) napadają na staruszki dla paru złotych, zupełna znieczulica.

Potem kazała mi nakarmić rybki (oczywiście prawdziwe); sam o nich pamiętałem, ale mama była nadal zła. Kazała mi wyjść z Bobikiem, wynieść śmieci, posprzątać na biurku, wytrzeć kurze w swoim pokoju, a przede wszystkim nie wspominać więcej o tych głupotach.

Kiedy spełniłem wszystkie polecenia bez szemrania, bo jak mama jest naprawdę zła, nie warto dyskutować ani się sprzeciwiać, poszedłem z psem na spacer. Patrzyłem, jak Bobik bawi się z innymi psami, czasami przybiega do mnie, pomerda ogonem i gna dalej w swoich ważnych, psich sprawach. I pomyślałem, że mama ma trochę racji, chociaż może niepotrzebnie się aż tak zezłościła, to w końcu tylko zabawka.

Ale naprawdę wolę mojego przyjaciela, który zawsze serdecznie mnie wita, wieczorem pakuje się do łóżka i przyjemnie grzeje, a gdy się kąpię, to siedzi obok wanny i pilnuje, czy nie dzieje mi się krzywda. W domu nazywają go przez to „niańką". Nawet jeśli muszę z nim wyjść na dwór, kiedy wcale mi się nie chce ruszać z domu, to i tak bym go nie zamienił na żaden głupi breloczek, ani moich ślicznych rybek, które jak tylko podchodzę do akwarium, przypływają wiedząc, że je zaraz nakarmię.

Na drugi dzień rozmawiałem o tym z Kaśką i Tomkiem. Oni też stwierdzili, że wolą prawdziwe zwierzęta.

XIII

MIESIĄC PREZENTÓW

Dzisiaj Pani zapytała, jaką porę roku lubimy najbardziej. Wszyscy zaczęli krzyczeć, że lato, bo wtedy są wakacje. Pani się z nami zgodziła, że to też jej ulubiona pora roku, ale jaki miesiąc, oprócz wakacji, lubimy najbardziej.

Anka powiedziała, że jej ulubionym miesiącem jest maj, bo wtedy kwitną drzewa, kwiaty, śpiewają ptaki – taka z niej romantyczka.

Kaśka powiedziała, że najfajniej jest zimą, bo można jeździć na nartach.

A ja myślę, że najwspanialszym miesiącem jest Miesiąc Prezentów, to znaczy grudzień. Szóstego grudnia są mikołajki i zawsze znajduję w kapciu jakąś niespodziankę. Potem są moje urodziny i też dostaję dużo wspaniałych prezentów, zdmuchuję świeczki na torcie i w ogóle jest fajnie. I wreszcie Wigilia – najwspanialszy moment w całym roku. Choinka, Święty Mikołaj – tony prezentów, święta. Potem sylwester i strzelanie rakiet. Kiedy to powiedziałem, to wszyscy się ze mną zgodzili, że grudzień to rzeczywiście najfajniejszy miesiąc.

No właśnie, teraz już jest listopad i niedługo trzeba pisać list do Świętego Mikołaja. Czy wierzycie w Świętego

Mikołaja? Przyznam się wam, że jak byłem mały, w I klasie, to wierzyłem, ale mój kolega, Przemek, powiedział mi, że kiedyś znalazł w szafie prezenty, które potem były pod choinką; teraz wie, że to rodzice podkładają pod choinkę prezenty. Trochę się zmartwiłem, bo bardzo lubiłem Świętego Mikołaja. Kiedy powiedziałem mamie, że nie wierzę już w Świętego Mikołaja i nie będę pisał do niego listu, to mama powiedziała, że jak nie chcę, to mogę nie pisać, ale będzie mi głupio, jak nic nie dostanę pod choinkę. Może rzeczywiście, na wszelki wypadek, napiszę, a może Przemek się pomylił i Święty Mikołaj istnieje?

Długo się zastanawiałem, o jaki prezent prosić, i wreszcie napisałem taki list:

Święty Mikołaju!

Serdecznie Ciebie pozdrawiam i proszę Cię, abyś przyniósł mi pod choinkę „Wyspę piratów" (to są klocki lego)

i puszkę chapi dla mojego psa Bobika. Bardzo dziękuję i proszę, przyjmij ode mnie w prezencie muszlę, którą znalazłem w tym roku nad morzem.

Pomyślałem sobie, że Świętemu Mikołajowi będzie przyjemnie, kiedy też coś dostanie, a nie tylko list z prośbami.

No i minęła już Wigilia. Święty Mikołaj chyba ucieszył się z mojego prezentu, bo pod choinką było moje wymarzone lego i Bobik też dostał swoją puszkę. Bardzo starałem się zobaczyć, czy to rodzice podkładają prezenty

czy Święty Mikołaj, ale nie udało mi się ani podejrzeć rodziców, ani zobaczyć Świętego Mikołaja. Oprócz lego dostałem wiele innych prezentów, na przykład książkę pt.: *Rekreacje Mikołajka* – bardzo śmieszną.

Mama czytała mi trochę na głos i rodzice zaśmiewali się okropnie, bardziej niż ja, bo co jest śmiesznego w tym, że tata Mikołajka zabrał mu rower i ścigał się na nim ze swoim sąsiadem, aż go zniszczył (to znaczy rower, nie sąsiada). To wcale nieśmieszne. Kiedy ja dostałem rower i mój tata go wziął, by go wypróbować, i jeździł na nim godzinę, a ja stałem i czekałem, to wcale mi się nie chciało śmiać. Kiedy powiedziałem to mamie, zaczęli się z tatą śmiać jeszcze bardziej. Już wam mówiłem, że dorośli mają dziwaczne poczucie humoru.

XIV

BEZPIECZNE MIASTO

U nas w szkole od paru dni trwa akcja „Bezpieczna szkoła", która odbywa się w ramach szerszej akcji „Bezpieczne miasto". Polega to na tym, że Pani opowiada nam o różnych okropnościach, jakie mogą się nam przydarzyć w szkole, w drodze do szkoły lub w domu. I mówi, jak się zachować, gdy coś takiego nas spotka.

A dziś przyszedł policjant i wyświetlił nam film, w którym pokazano różne wypadki i zachowania dziecka prawidłowe i nieprawidłowe, a później pytał nas, jak my byśmy się zachowali w takiej sytuacji. Między innymi mówił, żebyśmy nigdy nie chodzili z żadnym nieznajomym, nie otwierali nikomu drzwi, jak jesteśmy sami w domu, nawet listonoszowi, ani nie mówili, że nikogo nie ma w domu, bo może to być złodziej, który chce wybadać sytuację. Żebyśmy nawet kolegom nie pokazywali w domu żadnych cennych rzeczy. No, tu już trochę przesadził, bo jak Tomek do mnie przyjdzie, mam przed nim chować rzeczy jak przed złodziejem? To by dopiero była przyjaźń! Kiedy zapytałem o to policjanta, to trochę się speszył i powiedział, że to dotyczy raczej mało znanych i przypadkowych kolegów.

Zarówno Pani, jak i ten policjant mówili nam, żebyśmy nie bali się ani nie wstydzili krzyczeć o pomoc i uciekać co sił w nogach.

Bardzo się tym wszystkim zdenerwowałem, bo często sam zostaję w domu i dzisiaj, jak wracałem ze szkoły, to rozglądałem się na wszystkie strony, czy ktoś za mną nie idzie. W pewnej chwili przed samą klatką jakiś pan zapytał mnie, czy tata jest w domu. Bardzo się przeraziłem i zacząłem uciekać i wrzeszczeć: Pomocy, pomocy!!!

Na szczęście na podwórku była gospodyni naszego domu, która mnie złapała i zapytała, co mi się stało. Kiedy jej wyjaśniłem, rozejrzała się wokół, ale ten pan już zniknął. Potem odprowadziła mnie do mieszkania, bo się okropnie bałem, i poczekała, aż zamknę drzwi. Zadzwoniłem do mamy, która zdenerwowana natychmiast przyjechała taksówką do domu. Potem przyjechał tatuś i Michał i wszyscy się okropnie denerwowali.

Mama zadzwoniła do gospodyni i wypytała ją o całe wydarzenie. Potem postanowiła zawiadomić policję. Ale jeszcze nim zatelefonowała, ktoś zadzwonił do drzwi. Kiedy otworzyłem, wrzasnąłem na całe gardło: To on! Tato, to on! – i zwiałem do pokoju. Tatuś wyskoczył z groźną miną i stanął jak wryty. Okazało się, że to był sąsiad z dołu, który pracuje razem z tatą i przyszedł w jakichś służbowych

sprawach. Stał speszony i trochę przestraszony i powiedział, że spotkał mnie już przed południem i był bardzo zdziwiony moim zachowaniem. Przyszedł wyjaśnić, co się stało.

Rodzice zawołali mnie do pokoju, ale nie chciałem wyjść, bo się okropnie wstydziłem, że nie poznałem tego pana. Ze strachu chyba rozum mi się pomieszał.

Mama powiedziała, że to wstyd nie poznawać sąsiadów. Sam wiem, że to wstyd. I muszę rozróżniać ludzi obcych od znajomych i że w sumie to może dobrze zrobiłem, ale przedtem należało się lepiej przyjrzeć „napastnikowi", szczególnie że działo się to na dworze, gdzie kręci się dużo ludzi z naszego bloku.

Powiedziałem, że to pewnie przez te zajęcia w szkole o bezpiecznym mieście. Mama uznała, że to bardzo pożyteczna akcja, bo wiele dzieciaków zachowuje się bardzo głupio, ale jak poszedłem do swojego pokoju, to słyszałem, że się rodzice z tym sąsiadem okropnie śmiali. Ciekawe z czego?

Mówię wam, to był straszny dzień, chociaż wszystko się dobrze, a nawet przyjemnie skończyło, bo wieczorem pojechaliśmy z tatusiem na rowerach na lody.

XV

KOSMICZNA AWANTURA

Wczoraj była kosmiczna awantura. Pani dyrektor przyszła do naszej klasy i powiedziała, że wszyscy chłopcy dostaną pałę ze sprawowania, że wezwie rodziców, że nie będzie żadnej imprezy karnawałowej i że w ogóle jesteśmy chuligani, nie mamy serca, bo wywróciliśmy chorego, a właściwie kalekiego kolegę. (Dobrze, że nie było Pawła, bo on okropnie nie lubi, aby mu przypominać, że jest chory). Mówiła tak, a właściwie krzyczała, przez 20 minut. My siedzieliśmy cicho, bo już przecież kilka razy mówiliśmy, że to był wypadek przy zabawie. Sam Paweł jej tłumaczył, że nic się nie stało, że nie można nikogo winić – nic nie pomogło.

Ale, ale, wy przecież nie wiecie, o co chodzi, i pewnie nie znacie Pawła, więc zacznę od początku. W naszej klasie jest Paweł – bardzo fajny kolega, najlepszy matematyk i komputerowiec (mamy zajęcia z komputerami). Paweł ma fantastyczny wózek, którym wszędzie jeździ. Za pomocą specjalnych przycisków może sterować wózkiem, jak chce. Jechać wolno, szybko, skręcać, hamować. Mówię wam, ekstra! Sam chciałbym mieć taki wózek. Paweł nie musi nigdzie chodzić, wszędzie dojedzie, ale kiedy pomyślę, że on nie może chodzić, biegać, jeździć na rowerze czy na rolkach, to już mu nie zazdroszczę. (Paweł, jak był mały, to zachorował na jakąś chorobę, która spowodowała, że nie może chodzić. Te choroby to świństwo, chciałbym być lekarzem i wszystkie je zwalczyć).

Wszystko zaczęło się od tego wózka. Na przerwie postanowiliśmy się bawić w policjantów i złodziei. Oczywiście, jak się domyślacie, wozem policyjnym był wózek Pawła, a on sam dowodzącym pościgiem. Na stopniach wozu jechało trzech policjantów: Marek, Tomek i ja. Marek miał gwizdek,

który był syreną policyjną. Jechaliśmy na sygnale, goniąc złodziei, no i, niestety, zdarzył się wypadek. Z lewej strony, prosto pod koła, wpadł jakiś pierwszak. Paweł zahamował zbyt gwałtownie i wszyscyśmy wylecieli jak z procy. Właściwie nikomu się nic nie stało; Paweł tylko skręcił nogę

i ma ją w gipsie, ale przecież i tak nie mógł chodzić, więc mu wszystko jedno. Wcale nie miał do nas pretensji – to naprawdę fajny kolega.

Ale rodzice Pawła zrobili w szkole awanturę „za brak dozoru" – tak mówiła nasza Pani – i zagrozili, że jak się to powtórzy, to poskarżą do kuratorium i zabiorą Pawła z naszej szkoły – byłaby szkoda, bo go wszyscy bardzo lubimy, a w tym roku został nawet przewodniczącym.

Pani kategorycznie zabroniła nam na przerwach biegać, skakać, i krzyczeć. Ciekawe, co mamy w takim razie robić – przecież to nie lekcje. No, ale pewnie coś wymyślimy. Kiedy to powiedziałem, Pani odrzekła, że nie ma wątpliwości i że właśnie obawia się, co to będzie. Zawsze mówiłem, że baby to tchórze, oprócz Kaśki, oczywiście.

XVI

BLEBUŚNY PONIEDZIAŁEK

Dzisiaj znów śnił mi się Malaczek, a to jak zwykle oznacza kłopoty. Malaczek to taki paskudny, złośliwy stworek, który lubi się wymądrzać i wszędzie się wpycha. Trudno mi go opisać, więc będę musiał go wam chyba narysować. Malaczek ma dużą okrągłą głowę, odstające uszy, długi haczykowaty nos i patykowate ręce i nogi. Szerokie usta zawsze złośliwie uśmiechnięte. Ubrany jest w zielone, krótkie spodenki i czerwoną bluzę. Skąd się wziął Malaczek? – trudno powiedzieć.

Kiedyś, jak byłem zły, już sam nie wiem na co, rysowałem różne stworki ze złośliwą miną, aż wreszcie wyszedł mi taki podobny do Malaczka – tak go nazwałem. I teraz, jak się wściekam, to go rysuję, a on mi się potem śni i wyczynia różne hece. Zauważyłem, że jak mi się śni, to następny dzień jest jakiś pechowy.

No i dzisiaj zaczęło się od samego rana. Najpierw nie chciało mi się wstać. Przy śniadaniu wylałem herbatę i tata się zezłościł. Potem zapomniałem worka z kapciami i w szkole musiałem chodzić w skarpetkach. Na lekcji polskiego okazało się, że nie odrobiłem lekcji i dostałem minus, a na angielskim gadałem i wyleciałem za drzwi. Na przerwie pobiłem się z grubym Konradem i nieźle oberwałem. Po drodze ze szkoły pokłóciłem się ze swoim najlepszym przyjacielem Tomkiem.

Kiedy przyszedłem do domu byłem już tak zmęczony i zły, że nic nie chciało mi się robić i kiedy mama poprosiła mnie, żebym poszedł do sklepu po śmietanę, to zacząłem krzyczeć, że mi się nie chce, że nigdzie nie pójdę. Zupełnie jakby Malaczek we mnie siedział i tak wrzeszczał. Mama się bardzo rozgniewała i powiedziała, że za karę nie będę oglądać mojego ulubionego serialu „Mc Gyver". Wtedy się rozpłakałem i opowiedziałem mamie o całym tym blebuśnym dniu i że to wszystko wina

Malaczka. Mama chyba zrozumiała, że to Malaczek jest taki okropny, i poradziła mi, żebym zniszczył wszystkie jego portrety i już nigdy go nie rysował.

To była dobra rada. Z przyjemnością podarłem wszystkie wizerunki Malaczka i tak się skończył najblebuśniejszy dzień w moim życiu.

Czy uwierzycie, że to pomogło i nigdy mi się już nie przyśnił? Oczywiście, to nie znaczy, że od tej pory wszystko było idealne, ale już nigdy nie wydawało się tak okropne.

XVII

STOWARZYSZENIE ŻYWYCH POETÓW

Wczoraj Michał z Inką (Michał to mój brat, a Inka to jego dziewczyna – już wam o nich opowiadałem) oglądali na wideo film pt. „Stowarzyszenie Umarłych Poetów" – trochę nudny i smutny, a nawet dziwaczny. Film był o takim nauczycielu, który uczył inaczej niż inni. Fajny ten nauczyciel; kazał na przykład swoim uczniom wchodzić na ławkę i wrzeszczeć (mnie wcale nie musiałby zachęcać, ja sam potrafię). Nasza Pani, jak tak zrobiłem na lekcji, dała mi pałę, ładna sprawiedliwość! No i ten nauczyciel spotykał się ze swoimi uczniami nocą w grocie i przy świecach czytali wiersze dawnych poetów. Stąd tytuł filmu.

Akurat tak się złożyło, że Pani poprosiła, żebyśmy spróbowali w domu napisać wiersz. Ja to nawet lubię wymyślać wiersze i napisałem taki:

Idzie robak i wzdycha, do licha,
co się na tym świecie dzieje?
Idzie robak w leśne knieje i wzdycha,
do licha.
Siada robak na kanapie
i chrapie.

Tomek i Kaśka powiedzieli, że za skarby nie wymyślą żadnego wiersza, więc postanowiliśmy z Magdą im pomóc. Wyniknęła z tego tak fajna zabawa, że stwierdziliśmy, że będziemy razem pisać wiersze, a później je odczytywać. Założymy Stowarzyszenie Poetów, tylko żywych, bo będziemy czytać swoje wiersze, a jesteśmy przecież żywi. I tak powstało Stowarzyszenie Żywych Poetów.

Był tylko pewien problem, skąd wziąć grotę do czytania naszych wierszy, ale wkrótce znaleźliśmy rozwiązanie.

W moim mieszkaniu jest ogromny stół. Jak się go przykryje kocem, to pod nim powstaje fantastyczna grota. Gorzej ze świecami (już wam opowiadałem, że mama zabroniła palenia świec), ale i na to znalazła się rada – zapalaliśmy latarki i przy nich czytaliśmy nasze wiersze.

Jednak po paru dniach Tomek stwierdził, że on nie będzie wymyślał wierszy, że to głupie i dobre dla dziewczyn i że on idzie na rower. Dziewczyny się obraziły, ja też i przez dwa dni nie spotykaliśmy się, ale było nudno tak się nie bawić razem, więc się szybko przeprosiliśmy. Ale to był już koniec Stowarzyszenia Żywych Poetów. Ja jeszcze czasem piszę wiersze, ale im już nie pokazuję.

XVIII

KOMPUTEROWE SZALEŃSTWO

Czy lubicie grać w gry komputerowe? To chyba głupie pytanie, bo nie znam chłopaka, który by nie uwielbiał grać na komputerze. Dziewczyny rzadziej, oprócz Kaśki, oczywiście, ale chłopaki to mają bzika na punkcie gier. Ostatnio na urodziny dostałem fantastyczną grę „Screamer 2", są to wyścigi rajdowe – mówię wam, super. Po powrocie ze

szkoły zaraz siadamy z Tomkiem do komputera i gramy. Możemy tak do wieczora.

Mój brat Michał też bardzo lubi grać, czasem nawet się kłócimy, kto ma być pierwszy. Tata mówi, że to głupota tyle godzin siedzieć przy grze, ale sam to siedzi do późnej nocy, wiem, bo widziałem.

Kiedyś obudziłem się w nocy, bo musiałem iść do ubikacji, i usłyszałem z pokoju rodziców znajomą muzyczkę z mojej gry. Wszedłem i zobaczyłem, że tata siedzi przy komputerze

i gra. Kiedy go zapytałem, czy to nie głupota siedzieć w nocy przy grze, to usłyszałem, że on nie gra, tylko sprawdza różne możliwości, przeprowadza testy i tak dalej. I zasypał mnie tak mądrymi nazwami, że już zupełnie zgłupiałem.

Ci dorośli to mają fajnie. Jak ja gram – to głupota. Jak gra tata – to pracuje. Jak ja coś rozleję – to jestem nieuważny, niezdara i tak dalej. Jak tata – to dlatego, że go zdenerwowałem. Jak mnie się czegoś nie chce zrobić – to jestem leniwy. Tata – zmęczony. Nie mogę się doczekać, kiedy będę dorosły i będę mógł robić, co mi się podoba i zawsze mieć rację.

Ale i tak mój tata jest bardzo fajny. Na wszystkim się zna i wszystko potrafi zrobić. W domu wszystkie szafy zrobił sam, a przecież jest fizykiem, a nie stolarzem.

XIX

SŁAWNI POLACY

Dzisiaj Pani powiedziała, żeby każdy z nas wybrał pięciu sławnych Polaków i opisał, dlaczego są sławni i że musi być wśród nich przynajmniej jedna kobieta. I jeden żyjący współcześnie.

Długo w domu nad tym myślałem. To trudno wybrać aż pięciu – nie uczymy się jeszcze historii. Pierwszy, jaki przyszedł mi do głowy, to Mikołaj Kopernik – chyba najsłynniejszy Polak na świecie. Żył dawno, przeszło 400 lat temu. Pierwszy udowodnił, że Ziemia jest okrągła i obraca się wokół Słońca. Jest nawet taki wierszyk: Wstrzymał Słońce, ruszył Ziemię, polskie wydało go plemię.

Potem przypomniał mi się Jan Matejko – to malarz, malował fajne obrazy. Już wam wspominałem, że widziałem jego „Bitwę pod Grunwaldem".

Aha, jeszcze Tadeusz Kościuszko – polski wódz, który walczył z Rosjanami; zwyciężył ich w bitwie pod Racławicami, ale przegrał pod Maciejowicami. Byłem nawet na tych polach, gdzie rozegrała się bitwa. Myślałem, że może znajdę coś ciekawego, ale nic, nawet guzika. Zapomniałem dodać, że Tadeusz Kościuszko jest też bohaterem narodowym w Stanach Zjednoczonych. Brał udział w wojnie wyzwoleńczej z Anglikami i wielce się tam zasłużył. No to mam już trzech, jeszcze dwoje.

Z żyjących to oczywiście papież Jan Paweł II, najbardziej znany Polak na świecie.

Najtrudniej było mi przypomnieć sobie jakąś sławną kobietę. Czy to nie dziwne, że sami sławni ludzie to mężczyźni? Poszedłem do mamy zapytać, czy nie zna jakiejś sławnej kobiety. Na to mama, że owszem, jest ich bardzo dużo, i tu wymieniła mnóstwo sławnych poetek, malarek, aktorek i innych. Najbardziej podobała mi się Maria Skłodowska-Curie. Była naukowcem i odkryła rad. Dostała dwukrotnie nagrodę Nobla. To jest coś, prawda?

Kiedy w klasie odczytywaliśmy nasze prace, to okazało się, że jeśli chodzi o mężczyzn, wymieniano różnych: królów, wodzów, piłkarzy, ale z kobiet to prawie cała klasa wymieniła Marię Skłodowską-Curie. Chyba wszyscy pytali się swoich mam.

XX

PRZECIĄGAM STRUNĘ

Dziś znów przeciągnąłem strunę. Ciekawe, czy wam się to też zdarza, bo mnie bardzo często. Najczęściej przeciągam ją wieczorem, kiedy zamiast iść spać odpowiednio wcześniej, tak jak by sobie życzyła mama, za długo siedzę przy komputerze, potem zbyt długo się kąpię, ale to tak fajnie rozgrywać bitwy morskie w wannie pełnej wody. Czas tak szybko tam biegnie. Potem jeszcze muszę poczytać, bo mam strasznie ciekawą książkę o przygodach Robin Hooda. Mówię wam, ekstra. A kiedy już trzeba gasić światło, to przypominam sobie, że nie nakarmiłem rybek, a przecież nie mogą głodne iść spać, boby się same zaczęły zjadać. No i później zachciewa mi się pić, oczywiście potem muszę iść do łazienki. Czy to moja wina, że chce mi się siusiu? I wtedy mama zaczyna się denerwować, że przeciągam strunę.

Czasem chciałbym już ją przeciągnąć i zobaczyć, co się stanie. Mieć to już za sobą, bo ciągłe przeciąganie trochę mnie męczy.

No i dzisiaj chyba mi się udało, bo mama tak bardzo się zezłościła, że zapowiedziała, że przez cały tydzień nie mogę grać na komputerze, oglądać telewizji, czytać wieczorem, a światło muszę gasić o godzinie 21.00 i nie będzie picia, chodzenia do łazienki i tak dalej. Mama jest okrutna, chce, żebym umarł z pragnienia albo się odwodnił, co na jedno wychodzi, bo słyszałem, że z odwodnienia też można umrzeć. Ciekawe, co by zrobiła, gdybym zrobił siusiu do łóżka. Gdy ją o to wszystko zapytałem, to tak się zdenerwowała, że dała mi klapsa, a przecież nigdy mnie nie bije.

A wszystko przez to, że o godzinie jedenastej w nocy, kiedy już trzy razy chodziłem pić, przypomniałem sobie, że nie odrobiłem matematyki, no i zacząłem odrabiać. Mama, jak to zobaczyła, powiedziała, że właśnie przeciągnąłem strunę i zadała mi te straszne kary. A co, miałem dostać pałę za nieodrobione lekcje? Wtedy by była zadowolona, co? Taka mi to sprawiedliwość! Jeszcze długo w nocy nie mogłem zasnąć, tak mi było smutno, że mama jest taka okrutna

i chce, żebym umarł. Na drugi dzień było już lepiej i mama darowała mi większość kar. I chociaż skończyło się na tym, to wolałbym już nigdy więcej nie przeciągnąć struny.

To już chyba ostatnie nasze spotkanie, bo wkrótce wakacje. Dwa miesiące bez szkoły i odrabiania lekcji. Tylko szkoda, że nasza Pani już nie będzie nas uczyła. W IV klasie będziemy mieć wielu nauczycieli i wychowawczyni też będzie inna. Kiepsko, bo bardzo lubimy naszą Panią. Po wakacjach opowiem wam, co mi się ciekawego przydarzyło. Może spo-

tkają mnie jakieś super przygody?

Jadę do Uroczyska, tam spędzamy większą część wakacji. Jak co roku zjedzie się cała nasza paczka (nie ta z podwórka). Znamy się od urodzenia i co roku spotykamy na naszych działkach. Żebyście wiedzieli, co się tam wtedy dzieje! Ale o tym opowiem innym razem.

Do zobaczenia.

SPIS TREŚCI

Jeśli interesują was przygody Krzysia, jego przyjaciół i Bobika, możecie o nich przeczytać w następujących książkach Krystyny Drzewieckiej:

Piątka z Zakątka
Banda z Uroczyska
Nowe przygody Piątki z Zakątka
Piątka z Zakątka znowu w akcji

Zapraszamy także do lektury książki tej autorki pt.: ***Wielka wyprawa Karmuli***

oraz zapraszamy na stronę internetową:
www.karmula.pl

Miła czytelniczko i miły czytelniku,
Jeśli masz ochotę, napisz do mnie o tym, co cię gryzie lub co cię bawi.
Wszystkie zabawne lub trochę straszne przygody mile widziane.

Z góry dziękuję
Krystyna Drzewiecka

Podaję swój adres: ***krystyna@veda.com.pl***